Claudia's Garten

Eine Legende

Ernst von Wildenbruch

Endlich war die Nacht zu ihrem Recht gekommen – es wurde still über Rom.

Nie war eine Augustnacht duftiger, wärmer und süßer auf die sieben Hügel gesunken und auf das Gelände, das zwischen den sieben Hügeln sich breitet und zwischen Bergen und Meer – nie hatte eine Augustnacht Schrecklicheres gesehen in diesem schrecklichen Rom.

Wenn an dem Abend, der dieser Nacht vorherging, ein Wanderer sich der Stadt genähert hätte, von Norden kommend, auf der Flaminischen Straße, so würde er, nachdem er die Flaminische Brücke, den heutigen Ponte Molle, überschritten, jählings stehen geblieben sein, von einem Laute getroffen, der ihm das Blut gerinnen machte. Von drüben kam es her, rechts überm Tiberstrom, aus den Gärten des Nero, von der Stelle, wo heut die Peterskirche sich erhebt und das Gebäude des Vatikans. Rot war der Himmel dort von goldigroter Glut, die aus dem Dickicht der Gartengebüsche zum Himmel schwälte – war etwa Feuersbrunst in Rom? Schon wieder?

Ganz Italien sprach ja von dem furchtbaren Brande, der wenige Wochen zuvor, im letztverflossenen Monat Juli, die Hauptstadt der Welt verwüstet hatte. Man sprach davon, und wenn man gesprochen hatte, fing man an zu flüstern: »Das Feuer, sagt man, ist angelegt worden – wißt Ihr, von wem? Der Cäsar selbst hat Rom in Brand gesteckt. Auf den Zinnen seines Palastes, auf dem Palatinischen Berge hat er gestanden, die Laute im Arm, und als das Feuermeer zu seinen Füßen raste, hat er vom Brande Trojas zur Harfe gesungen.«

War es also wieder etwas Derartiges? Es sah nicht so aus. Die Glut dort drüben bewegte sich nicht vom Fleck; ruhig und senkrecht stieg sie empor, wie Flammen, die von Altären lodern oder aus Pechpfannen oder von Fackeln. Ein Luftzug kam von Westen und trug den geballten Qualm nach Osten über den Strom hinweg auf den Wanderer zu. »Offenbar ein Fest, das sie feiern,« sagte sich der Wanderer, »es riecht nach Pech, nach Spezereien und« – ja, noch etwas war in dem Geruch. – Wurden Opfertiere geschlachtet und verbrannt? Denn ein Duft war dabei von verkohltem und verbranntem Fleisch!

Und während die Flammen emporstiegen und schweigend den Himmel beleckten, kam von dort drüben ein Laut, abgeschwächt durch die Entfernung und trotz der Abschwächung so furchtbar, daß

Mark und Bein erschauerten: ein Geschrei, ein Gebrüll, ein Geheul. Ein Geheul von Tieren? Nein, sondern von Menschen; von Menschen, die offenbar, in unzähliger Masse zusammengedrängt, einem Vorgang folgten, einem Schauspiel, bei dessen Anblick sie toll wurden, rasend wurden, Bestien wurden, die blutgierige Bestie überbietend in Mordlust, Grausamkeit und zerstörungstrunkener Begier. Ein Gebrüll, wie wenn Scharen von Tobsüchtigen plötzlich frei geworden wären und Besitz genommen hätten von der Welt.

Durch das Flaminische Thor, die heutige Porta del Popolo, ging der Weg in die Stadt hinein; hier öffnete sich die Via lata, der heutige Corso, und hier, im Marsfeld, sah man bereits die Spuren des verheerenden Brandes. Ganze Straßenzeilen lagen in Trümmern; die Sparren der verkohlten Häuser reckten sich wie entfleischte Gerippe in die Luft. Zelte waren aufgeschlagen und große hölzerne Baracken, um den Obdachlosen eine Unterkunft zu gewähren. Weder bei den Zelten aber noch bei den Baracken erblickte man Menschen. – Rom war drüben, jenseits der Tiber, zu Gaste beim Nero, der heute in seinen Gärten den Römern ein Fest gab, wie es noch nicht dagewesen war seit den Tagen von Romulus und Remus.

Nach rechts hin, durch das Gewirr von Straßen, Gassen und Gäßchen, wendete sich denn auch der Wanderer, und als er das Tiberufer erreicht hatte, blieb er stehen, von dem Anblick betäubt, der sich ihm bot:

Ueber die Brücke, die hier, ungefähr in der Gegend der heutigen Engelsbrücke, die Ufer des Stromes verband, über den Pons Triumphalis, wälzte sich vom rechten Ufer her ein tobender Menschenhaufen. Hinter dem dunklen Schwarm und über den Köpfen der Menge flackerte und flammte es von Fackeln, die im Kreise geschwungen wurden, und dann erschienen, keuchenden Laufes, in weiten Sprüngen wie Panther dahinsausend, braune, nackte numidische Fackelträger, die sich mit gellendem Geschrei in die Menschenmassen warfen und sie nach rechts und links auseinanderstießen, so daß eine Gasse in der Menge entstand. Rossegestampf erscholl, und mit klirrenden Rädern kam ein Wagen über die Brücke dahergerollt in die Gasse zwischen den Menschenmauern hinein.

Es war ein offener Wagen, wie er im Zirkus bei den Rennen gebraucht wurde; Räder und Gestell von schwerem, massivem Gold. Acht schneeweiße Rosse waren davorgespannt, in Reihen hinter einander, je vier in einer Reihe.

Weit über die Pferde beugte sich der Wagenlenker vor; neben dem Wagenlenker stand ein Mann, und beim Anblick dieses Mannes sank alles, was rechts und links sich zusammendrängte und quetschte und erdrückte, in die Knie; Hände und Arme reckten sich empor und zu ihm hin, und ein Geschrei schlug, einem Orkan gleich, zum Himmel:

»Ave Caesar! Nero! Nero!«

Das war der Herr des Festes, das war Nero. Die vier Schimmel der vorderen Reihe bäumten auf und warfen sich zurück, von dem Lärm erschreckt, der ihnen entgegenschlug – und einen Augenblick gewann man Zeit, ihn deutlicher zu sehen.

Hoch aufgerichtet stand er auf dem Wagen; ein Gewand von durchsichtig-zartem weißem Stoff flog um seinen Leib; ein Halbmantel war um seine Schultern geworfen, purpurrot, mit Gold durchstickt. In den nackten, fleischigen Armen hielt er die Laute, wie die Kitharöden sie bei Wettgesängen trugen; um das schwarze, krausgelockte Haar schlang sich ein Stirnreif, golden, mit Edelsteinen durchsetzt, und von dem Stirnreif gingen Zacken empor, acht lange, gespitzte Zacken, so daß es aussah, als ob ein Gehege von Lanzenspitzen sein Haupt umstarrte.

So stand er vor den Augen der Menge. Der rote Flammenschein züngelte um seine Gestalt; Rauch und Flammen schufen eine Atmosphäre, die ihn umdampfte, wie der qualmende Atem aus dem Rachen eines Tigers, und es sah aus, als wäre dies die Lebensluft, die zu ihm gehörte, die er brauchte, die er einsog mit gierigen Nüstern und schleckenden Lippen.

Denn während der Pöbel ihn umheulte und sich beinah unter die Hufe seiner Rosse und die Räder seines Wagens warf, ging ein Lächeln um seinen Mund und über die Züge seines Gesichtes, die schön und edel gewesen sein mochten vor Zeiten, jetzt aber verquollen und gedunsen waren durch Schlemmerei und Wüstheit.

Nicht ein Lächeln der Verachtung etwa, nicht einmal ein blasiertes oder gleichgültiges, sondern ein zufriedenes, sich selbst beglückwünschendes Lächeln, wie es ein Feinschmecker zeigt, wenn er sich von einer guten Mahlzeit erhebt, oder ein Kunstfreund, wenn er von einem schönen Bilde oder aus dem Theater von einem anregenden Schauspiele kommt. Die linke Hand fingerte leise in den Saiten der Leier – Nero war glücklich. Wie sie ihn liebten, die Römer! Wie sie sich weideten an seinem Anblick! Wie sie ihm huldigten! Wie jedes Wort, jeder Laut, jeder Blick es ihm verkündete, daß er ein großer Mensch, ein Uebermensch, ein Gott war.

Und während das gedunsene Gesicht sich in Selbstzufriedenheit blähte, und das bleiche Fleisch der schwammigen Wangen sich vom Licht der Fackeln rötete, blickten aus diesem Gesicht zwei weit hervorquellende, glotzende Augen heraus, zwei Augen, die in ihrer toten Starrheit einen unheimlichen Kontrast zu dem bewegteren Teile des Untergesichtes bildeten und diesem Antlitz, der ganzen Erscheinung dieses Menschen einen Eindruck verliehen, schrecklicher, als Worte es beschreiben können, unvergeßbar für den, der ihn ein einziges Mal gesehen hatte. Da wo diese Augen hinblickten, war Wüste. Kein Lächeln war darin, kein Leben, nicht die Möglichkeit einer Empfindung. Tote, dumpfe Leere. Wer in diese Augen sah, erkannte jählings das Schicksal dieser Zeit und dieser Welt, einem Wahnsinnigen unterworfen zu sein mit Leib und Seele.

Die markigen Fäuste der numidischen Fackelträger hatten die vier Schimmel vorn wieder zur Ruhe gebracht; der Wagen setzte sich von neuem in Bewegung, und in stürmischer Eile verschwand er im Dunkel der Gassen, den Weg verfolgend, der zum Palatin führte.

Der Gastgeber zog sich vom Feste zurück; das Fest hatte offenbar seinen Höhepunkt überschritten, es neigte sich zum Ende.

Kaum daß der Wagen verschwunden war, erdröhnte das Pflaster der Brücke von taktmäßigen Schritten; abermals loderte Fackelglanz auf, und wieder bot sich ein wunderbares Bild; die Leibkohorte des Cäsar kam aus den Gärten hinter dem Gebieter her, um nach dem Palatin zu marschieren, wo ihre Kaserne sich befand, und wo sie im Palast des Kaisers und bei seiner Person den Leibwächterdienst versahen.

Diese Leibwächter waren Germanen.

Es war sicherer, von solchen Leuten umgeben zu sein, als von römischen Prätorianern. Unter den Prätorianern gab es viele Kinder der Stadt; sie ergänzten sich hauptsächlich aus der Bevölkerung von Rom. Rom aber war ein Meer, auf dem die Winde rasch wechselten. Heute liebte es, vergötterte und betete an – morgen stand es vielleicht anders. Hatte man das nicht vor kurzem erst erlebt? Als man in Rom geglaubt hatte, der Cäsar hätte ihnen die Häuser über dem Kopfe angezündet – welch' ein Geheul von Wut und Rache war da zum Palatin emporgestiegen – bis daß man dann erfuhr, wer eigentlich die Verruchten gewesen waren, die all' das Unheil angestiftet hatten, das namenlose!

Mit diesen Germanen war das eine andere Sache.

Bei denen gab es keine Launen, keine Stimmungen, kaum einen eigenen Willen. So wie die großen, langhaarigen Hunde, die sie von jenseits der Alpen mitgebracht hatten, zu ihnen aufschauten mit schweigenden, treuherzigen Augen, so blickten sie zu dem Cäsar auf, zu ihrem Herrn.

Nicht einen Schritt that der Cäsar aus seinem Palast, ohne daß sie mit ihm waren und um ihn her.

Was für ein wollüstiges Gefühl das für den Lüstling war, wenn er sich sagen konnte, daß seine Hand, die in jeder einzelnen von diesen Fäusten zermalmt worden wäre wie Glas, diese ganze Berserkerkraft, einer Maschine gleich, regierte; daß sie bewegungslos wurde, wenn er es befahl, und sich wie ein Bergstrom über die Römer ergossen haben würde, wenn er es befohlen hätte. Wie der feige, in Genüssen verzärtelte Leib aufschauerte, wenn die schweigenden Riesen sich um ihn scharten, um ihn zu beschützen.

Denn Riesen waren es; jeder einzelne der Kohorte sah aus wie ein Gigant, als sie jetzt, vom Fackellicht umsprüht, das ihre Erscheinung noch abenteuerlicher machte, stumm, kaum mit halbem Blick nach rechts und links sehend, wo der römische Pöbel sie mit offenen Mäulern und Augen wie Fabeltiere anstarrte, ihres Weges dahinschritten.

Zwei Häuptlinge gingen an ihrer Spitze; die großen, zottigen Hunde, die sie nie verließen, sprangen um sie her. Nicht die kurzen Schwerter, wie die Römer sie an ihren Soldaten gewöhnt waren, lange Waffen in schweren Scheiden hingen an ihren Lenden und begleiteten klirrend ihren wuchtigen Schritt. Auch die übrige Kleidung und Ausrüstung war phantastisch und ein buntes Durcheinander von römischer Bewaffnung und germanischer Nationaltracht. Alle trugen sie den römischen Waffenrock, aber, wie es sich für Leibwächter des Nero geziemte, mit bunten Farben und

Steinen ausgenäht und ausgeschmückt; von den Häuptern aber nickten statt der einfachen römischen Helme Köpfe von Tieren, die man in Italien kaum mehr kannte und sah, von Bären, Wölfen, Auerochsen und Elentieren.

Hörner ragten in die Luft: in aufgerissene Tierrachen sah man hinein, mit furchtbaren Zähnen besetzt; dieser und jener trug Adlerfedern, so dicht in einander gefilzt, daß es aussah, wie ein wandelndes Gebüsch. Allen gemeinsam aber war das lange, blonde, beinah gelbe Haar, das unter der Kopfbedeckung in Zotten herniederhing bis ins Gesicht.

Wie die Römer es anstarrten, die krausköpfigen, schwarzen Römer, dieses unbegreifliche, fabelhafte Haar! Wenn man es doch einmal hätte anfassen, einmal daran hätte zupfen können, um sich zu überzeugen, ob das wirklich an menschlichen Schädeln fest angewachsenes Haar war!

Aber an Kerle, wie diese da, die Hand anlegen – der Gedanke allein jagte einem den Schauer über die Haut – an Menschen mit solchen Gesichtern! Denn wild sahen die Gesichter aus, wild und furchterregend.

Und so anders als die Römer-Gesichter, so ganz anders!

Was für Augen das waren! Ob blau? Ob grau oder grün? Es wäre kaum möglich gewesen, die Farbe zu bezeichnen – nur daß sie nicht dunkel waren, wie die Augen der Römer, das sah man. Und wenn diese Augen sich hier und da nach rechts oder links auf die Volksmenge richteten, dann war etwas Grasses in dem Blick, wie das kurze Aufleuchten einer Klinge, dann war es, als fühlte man ein kaltes Eisen zwischen den Rippen.

Und endlich die Bärte! Wie Wälder standen sie um die Wangen, und wie breite Wellen gingen sie unter dem Kinn hinunter bis tief auf die Brust. Bei den meisten wenigstens; denn einige wenige waren darunter, die keine Bärte trugen, offenbar noch ganz junge Männer.

Grade ein solcher schritt in der vordersten Reihe, dicht hinter den beiden Häuptlingen. Eine Erscheinung, an der die Augen der gaffenden Weiber hängen blieben, ein schöner Mensch. Der schlanke Leib war aufgeschossen wie ein Mastbaum, und die Schwermut, die auf all' diesen Germanengesichtern lag, war auf seinem Antlitz, das regelmäßige Züge zeigte, bis zur Düsterkeit gesteigert.

Er wandte das Haupt nicht nach rechts noch nach links; starr gradeaus ging sein Blick, ein traumverlorener, sinnender Blick. Als wenn seine Augen ein Bild festzuhalten trachteten, das weit von hier war, das nichts gemein hatte mit dem allen, was ihn hier umflitterte, umtobte und umdrängte. Ein fernes, wunderbares Bild – was mochte es sein?

Eine Erinnerung vielleicht an das Land da oben, jenseits der Alpen? An den rauschenden Wald? An die Menschen, die um ihn her gewesen waren? Blond wie er?

Blauäugig wie er? Die Sprache sprechend, die auch er sprach? Oder war es das nicht? Etwas Finsteres schien es zu sein, was die Gedanken hinter dieser weißen Stirn zusammenballte. Die Erinnerung vielleicht an das, was er dort eben erlebt hatte, bei dem Feste des Cäsar, dem er als Leibwächter des Cäsar hatte beiwohnen müssen? Ein Bild vielleicht, das er dort gesehen hatte? das er nicht wieder los wurde – von dem er fühlte, daß er es nicht wieder los werden würde, solange er lebte?

Die Kohorte hatte die Brücke überschritten; und so wie vorhin der Wagen des Kaisers, verschwand auch sie im Dunkel der Gassen, die zum Palatin führten.

Nun aber war kein Stillstand mehr; in Gruppen erst, dann in Haufen und endlich in Scharen kam es aus den Gärten des Nero daher, das Volk, das dem Feste zugeschaut hatte und sich jetzt nach dem Innern der Stadt zurückwälzte zu seinen Quartieren oder zu den Zelten und Baracken.

Es wälzte sich; denn die meisten gingen schwankend und taumelnd, einer auf den anderen gestützt, manche auch so, daß sie von Zweien oder Dreien geführt und geschoben werden mußten. Ein plärrendes Geräusch von tausenden und tausenden von schwatzenden Stimmen erfüllte die Luft; die Mehrzahl der Zungen bewegte sich in lallenden Tönen; Nero hatte mit dem Wein nicht gegeizt, und seine Gäste hatten dem Wirte Ehre angethan; das merkte man. Ganze Teiche waren mit Wein gefüllt gewesen, und ganze Teiche waren ausgetrunken worden. Aus allen Gesprächen tönte wieder und immer wieder ein Name hervor: »Nero«; in den umnebelten Köpfen war ein Gedanke noch lebendig: »Nero,« Nero, der Freund seiner Römer, der Bestrafer der Übelthäter, der Kaiser, der Künstler, Nero der Gott.

Ja, er hatte sie bestraft, die Übelthäter, die Urheber des großen Leids, die Mordbrenner, die verruchten! Gründlich, gehörig, so daß ein ehrlicher Mann seine Freude daran haben mußte, so hatte er sie bestraft. Wer Feuer anlegt, soll durch Feuer büßen, das war sein Grundsatz gewesen. Mochten auch einige verzärtelte Gemüter nachträglich behaupten, die Art der Strafe wäre zu furchtbar gewesen – als ob es eine zu furchtbare Strafe für solches Gesindel geben konnte! Mochten auch einige vor Entsetzen davon gelaufen sein – ja, man erzählte sogar von solchen, die in Ohnmacht gefallen wären – es war recht so gewesen, gut und ein herrliches Schauspiel. Nero war ein gerechter Mann und ein kluger dazu. Wo hatten sie denn gesteckt mit ihrer Weisheit, all' diese Weisheit kramenden Philosophen, als es galt, herauszukriegen, wer das Feuer angelegt haben mochte? Der große, dicke, faule Burrus, der Präfekt der Prätorianer, der doch für die Sicherheit der Stadt zu sorgen hatte – was hatte er denn gethan? Nichts. »In den Ölmagazinen ist es ausgekommen« – das war ihre ganze Weisheit gewesen. Eine schöne Weisheit! Seit wann entzündet sich denn Öl von selbst? Angelegt war es worden, das Feuer, das sah jedes Kind ein! Aber von wem? Etwa gar von dem Nero selbst? Solche Niedertracht! Von den Senatoren ging es aus, von den fettleibigen Schuften, das nichtswürdige Gerücht; natürlich; denn daß sie den Nero nicht leiden konnten, das wußte man ja. Aber sie würden es schon noch zu hören bekommen und zu fühlen! Und so hatte niemand aus noch ein gewußt, bis daß Nero selber sich der Sache annahm, und da war es mit einem Male heraus gewesen, und den Blinden war der Star gestochen – die Christianer waren es gewesen! Daß man daran auch nicht gleich gedacht hatte! Er war doch klüger als sie alle, der Nero!

Die Christianer –!

Schon lange war ja der Name in Rom verbreitet wie ein unterirdisches Gerücht, wie eine Sache, von der man hört, ohne daß man weiter danach fragt. Was verlohnte es sich denn, sich um Leute zu bekümmern, die so offenbar verrückt waren, daß man höchstens darüber lachen konnte!

Eine religiöse Sekte – deren gab es ja in Rom genug. Natürlich aus Judäa, von wo alle diese Sekten kamen. Anfänglich hatte man denn auch geglaubt, es wären einfach Juden, bis daß die Juden auftraten und energisch erklärten, sie hätten mit den Christianern nichts gemein, nicht das Mindeste.

Gut also – keine Juden, Narren nach ihrer eigenen Art. Denn alles, was man von ihnen bisher gehört hatte, von ihrer Entstehung, ihrem Glauben, ihrer ganzen Art, war so drollig unsinnig, daß es vernünftigen Menschen wirklich nur harmlos erscheinen konnte.

Irgend ein Mensch aus ganz untergeordnetem Stand, aus einem Winkelnest in Judäa, Nazareth hieß es oder so ähnlich, war da in Jerusalem in den Judenschulen aufgetreten und hatte mit einem Male erklärt, die ganze Art, wie die Welt jetzt eingerichtet wäre, sei schlecht, und alles, was die Menschen von den Göttern glaubten, wäre falsch. Natürlich war er überall ausgelacht und hinausgeworfen worden.

Dann war er in die Wüste gegangen, wo es sich bequemer predigte, weil niemand widersprach. Tagediebe, Handwerker ohne Beschäftigung, Fischer ohne Angelgerät, Landstreicher waren hinter ihm drein gelaufen und hatten sich von ihm vorerzählen lassen, daß das Leben des Menschen eigentlich erst nach dem Tode anfinge, für die Reichen ein sehr ungemütliches, bei Feuer, Hunger und Durst, für alle bisherigen Hungerleider ein sehr angenehmes Leben, an beständig wohlbesetzten Tafeln. Endlich hatte dann der Präfekt der Provinz eingegriffen und den Unruhstifter festgesetzt. Obschon ihm der arme Kerl eigentlich leid that, weil er in ihm ganz unzweideutig einen Verrückten erkannte – unter anderem hatte er von sich behauptet, daß er von den ehemaligen Königen der Juden abstammte und berufen sei, ein neues großes Reich unter den Juden zu gründen – hatte er ihn doch, weil er immerhin einen nicht ungefährlichen Kern in all' dem Gerede wahrnahm und dem Grundsatz »principiis obsta« huldigte, hinrichten lassen, und zwar, um ein Exempel zu statuieren, in der denkbar schmählichsten Art, indem er ihn öffentlich geißeln und dann an der Hinrichtungsstätte für Mörder und Räuber, mitten unter solchen, ans Kreuz schlagen ließ.

Damit hatte er denn geglaubt, daß der Unfug begraben und tot sei; alle anderen hatten es mit ihm geglaubt – und mit einem Male stellte es sich heraus, daß dem nicht so war, daß es auch jetzt noch welche gab, die das abenteuerliche Zeug nachschwatzten und daran glaubten. Und nicht in Judäa allein, sondern hier, mitten unter den Römern, in Rom gab es solches Volk. Zu verwundern war es ja freilich nicht. Alles, was die Menschheit an Gedanken ausschwitzte, an gescheidten und verdrehten, schlug sich ja in Rom, wie auf dem Boden eines großen Kessels, eines Sammelbeckens nieder.

Darum hatte man auch der ganzen Geschichte keine Beachtung weiter geschenkt; man war von dem Grundsatz ausgegangen, daß jeder Unsinn schließlich an sich selbst stirbt; und das war der Fehler gewesen.

Man hatte gewußt, daß sie sich zu nächtlicher Stunde in Erdhöhlen und in leeren Grabgewölben versammelten, daß sie ihren Vorbetern gewisse Worte nachsprachen, Gesänge anstimmten und allerhand mystischen Hokuspokus trieben. Vernünftige hatten schon damals gewarnt: »Nehmt Euch in Acht; es sind Feinde des Menschengeschlechts, Maulwürfe, die darauf ausgehen, den Boden unter Euren Füßen zu untergraben« – aber man hatte die Schwarzseher verlacht. Man hatte gelacht, bis daß man schrecklich aufgewacht war, bis daß aus den Erdhöhlen und den Grabgewölben plötzlich die Faust des Verbrechens herausgefahren war, die schwarze, haarige Faust, und den Mordbrand in die Häuser der Menschen geschleudert hatte.

Jetzt wußte man, woran man war.

Und jetzt mit einem Mal wußte man auch eine Menge Dinge von ihnen, die man früher nicht gekannt hatte, wußte, daß es bei ihren nächtlichen Zusammenkünften durchaus nicht so harmlos zuging, wie man bisher angenommen hatte, sondern daß unerhörte Dinge vorgenommen wurden, Dinge, die man unter anständigen Menschen gar nicht laut besprechen durfte, die ganz unglaublich klangen.

Toll genug und ein Zeichen der moralischen Perversität dieser Sekte war es ja schon, daß sie das Instrument, an dem ihr Stifter gebüßt hatte, das Kreuz, zu ihrem Symbol erhoben hatten – das Kreuz! Für jeden anständigen Menschen war das Kreuz doch der Inbegriff alles Scheußlichen, Widerwärtigen, Ehrlosen! Nur für Übelthäter der schlimmsten Art wurde es gebraucht; wenn die verbrecherische That noch die Möglichkeit einer milderen Auffassung zuließ, ersparte man dem armen Sünder diesen letzten Schimpf und richtete ihn mit dem

Schwert. Römische Bürger durften unter keinen Umständen an das Kreuz geschlagen werden. Und dieses Abzeichen des Abscheus der ganzen gebildeten Welt erklärten diese Christianer als ihr Heiligtum; davor knieten sie, das beteten sie an. Man hätte es für übertrieben halten sollen – aber es war wirklich so.

Gab es eine schnödere Verhöhnung aller sittlichen Überlieferung und eine dreistere Auflehnung gegen die bestehende Weltordnung ?

Jetzt wußte man, daß diese nächtlichen Zusammenkünfte nichts weiter waren, als Orgien der wüstesten Sinnlichkeit. Einer Sinnlichkeit, die sich bis zur Raserei steigerte. An dem hölzernen Kreuz, das in diesen Versammlungen aufgerichtet stand, wurde einer von den Versammelten angebunden, irgend ein schöner Jüngling, dem man die Kleider vom Leibe riß, so daß die enthüllte Gestalt nackt vor den Augen, von Männern und Weibern hing. Denn auch Frauen waren in diesen Versammlungen, Jungfrauen und Matronen – man hatte es erfahren. Man wußte sogar noch mehr; die Frauen spielten eine wichtige Rolle dabei, sie waren am allereifrigsten, die Lehre zu pflegen und zu verbreiten. Und während die Männer fast ausschließlich Angehörige der alleruntersten Stände waren, befanden sich unter den Frauen solche aus den besseren, ja aus den obersten Klassen. Man munkelte von vornehmen Patrizierfamilien, deren Töchter, angesteckt von dem neuen Geist, heimlich zur Nacht aus dem Hause entwichen, um mit ihren Glaubensgenossen zusammen zu kommen.

Von schauderhaften Auftritten erzählte man, die sich in diesen Patrizierhäusern zutrugen. Die Mütter hatten versucht, die Schande ihrer Töchter zu verheimlichen. Natürlich aber war der Vater dahintergekommen, und nun gab es wütende Zurechtweisungen, Stockschläge, Einsperrungen. Mancher von den fettglänzenden Herren, der bei Tage sein lächelndes Gesicht durch die Straßen spazieren führte, trug die Verzweiflung mit sich herum. Wenn man erfahren hätte, was für Geschichten sein Töchterchen trieb! Mit wem sie zusammenkam, und in welcher Art!

Denn was man alles von diesen Versammlungen erzählte, das war einfach unerhört.

Wenn die Raserei ihren Höhepunkt erreicht hatte, dann erloschen plötzlich die Lichter, und im Dunkel fiel man sich wechselseitig in die

Arme; man küßte sich, liebte sich, und es geschahen Dinge – Dinge –
die ehrsamen Römer, die satt und vollgetrunken nach Hause
schwankten, schüttelten sich, indem sie der Greuel gedachten, die
von diesen Christianern verübt wurden.

Aber nun war mit ihnen aufgeräumt.

Heute endlich hatte die Faust des Nero hineingegriffen in ihre
Schlupfwinkel und sie dem Volk vor Augen gestellt, daß jeder einmal
hatte sehen können, wie sie eigentlich aussahen, diese Feinde der
Menschen, dieser Abschaum. Sie hatten ihre Rolle gut durchgeführt
bis zum Ende – das mußte man ihnen wirklich lassen.

Jeder Einzelne war gefragt worden, ob er sich als Christianer
bekenne, und » *Christianus sum*« hatte jeder Einzelne geantwortet. Ob
sie bekennten, daß sie das Feuer angelegt hätten, und jeder Einzelne
hatte die Hand hochgehoben: »nein, es hat keiner von uns das Feuer
angelegt«.

»Wie sie sich denn erlauben dürften, für alle anderen gut zu sagen,«
waren sie gefragt worden: »ob sie sich denn alle untereinander
kennten?« »Ja – sie kennten sich alle untereinander,« hatten sie
geantwortet.

Und dann hatten sie sich an die Pfähle führen und anbinden lassen,
ohne Widerstand zu leisten, obschon baumstarke Männer unter
ihnen gewesen waren; ohne zu weinen oder zu klagen, obschon
Frauen und Mädchen darunter gewesen. Natürlich hatte es, wie
immer bei solchen Gelegenheiten, ein paar Dummköpfe unter den
Zuschauern gegeben, die heimlich gemeint hatten, daß das eigentlich
großartig, beinah wunderlich wäre, Man hatte sogar einige unter dem
Publikum bemerkt, die plötzlich kreideweiß im Gesicht geworden
und davon gelaufen wahren.

Aber das waren nur einige wenige – die Mehrzahl hatte das
Schauspiel mit angesehen und genossen, vom ersten bis zumletzten
Augenblick – und ein Schauspiel war es gewesen – ein Schauspiel –

Und nun war es zu Ende.

Die Grausamkeit, die sich wie ein Geier mit bluttriefenden
Schwingen auf eine Schar von unglückseligen Menschen
herabgestürzt hatte, war satt, die Mahlzeit beendet, die Opfer waren
verschlungen.

Zu Ende nun das letzte schreckliche Winden der gemarterten Leiber am glühenden Pfahl; überstanden der Augenblick, da die Heldenkraft der Seele allem Opfermute zum Trotz unter den Qualen des Körpers zerbrach; verhallt das letzte ächzende Röcheln, in welches das »Hosiannah« übergegangen war, mit dem sie den Beginn des Sterbens begrüßt hatten.

Zu Ende die Schaulust, der Blutdurst, das Gebrüll und das Geheul.

Was sich noch auf den Füßen bewegen konnte, war nach Haus gewankt; was nicht mehr stehen und gehen konnte, war an der Stelle, wo es sich befand, zur Erde gesunken und lag da schnarchend in viehischem Schlaf, in dicken, übereinander gebündelten Menschenhaufen und Ballen, in schwärzlichen Klumpen, erkaltenden Lavamassen ähnlich, die der Krater Rom aus seinen Eingeweiden gespieen. Endlich war jeder Laut erstorben, die stille, süße Augustnacht breitete ihren duftenden Schleier über all' den Menschengreuel, und nun, im Schweigen des Dunkels, begann ein neues, lautloses, beinah gespenstisches Leben in den Gärten des Nero.

Vereinzelte Gestalten waren plötzlich da und huschten mit unhörbaren Schritten hierhin und dorthin. Man hätte kaum sagen können, von wo sie erschienen; ob sie vorher schon dagewesen waren, ob sie von fernher kamen – aber sie waren da.

Erst einzelne, dann mehr und immer mehr, die sich durch kaum wahrnehmbare Zeichen untereinander verständigten, sich zu einander fanden, um gemeinsam ans Werk zu gehen, vorsichtig auftretend, damit sie keinen der Schlafenden am Boden anstießen und aufweckten.

Es waren die Christianer, die heute unentdeckt geblieben und dem Gemetzel entgangen waren, und die nun kamen, um ihren getöteten Glaubensgenossen den letzten Dienst zu erweisen und ihre Reste zu bestatten.

Sie hatten nicht lange zu suchen.

Durch die ganze Länge des Gartens hin stand eine doppelte Reihe von Pfählen, an denen die Märtyrer angebunden und verbrannt worden waren.

Die hölzernen Pfähle, in Kohle verwandelt, glühten noch durch die Nacht, und zu Füßen der Pfähle, teilweise auch noch daran haftend, weil hier und da die Stricke nicht ganz durchgebrannt waren, lag und hing, was einst Menschenleib gewesen war, verbrannt, verkohlt und zerstückt zu kaum mehr erkennbaren gräßlichen Überbleibseln.

Ein unerträglicher Dunst lag qualmend auf der Stätte. Es war ein grausiges Stück Arbeit. Aber sie mußte vollbracht werden, und schnell, denn das Dunkel schützte nicht mehr lange, darum ohne Säumen ging es ans Werk. Glieder und Gliedmaßen, alles, was noch an den Menschen erinnerte, wurde aufgehoben; Funken, die hier und da noch glimmten, wurden ausgetreten; große leinene Tücher und Säcke waren zur Stelle gebracht, und da hinein verschwand das ganze Entsetzen. Emsig, huschend ging es von Pfahl zu Pfahl; die Hände arbeiteten in schweigender Hast; kein Wort wurde gesprochen, kaum ein Laut war wahrnehmbar. – Nur einmal, an einem der Pfähle, trat eine Stockung in dem eifrigen Gebahren ein; die Schattengestalten sammelten sich um den Pfahl; die Hände feierten für einen Moment, und alle Augen hingen an dem Bilde, das sich ihnen bot, und das so merkwürdig von allem übrigen abwich.

An diesem Pfahl war ein Weib angebunden gewesen, ein Mädchen, ein junges, schönes, reizendes Geschöpf.

Und merkwürdig – von der entstellenden Zerstörung, der all' die übrigen anheimgefallen, war dieser Körper in beinah wunderbarer Weise verschont geblieben.

Der Pfahl, an dem sie sich befand, hatte die Gestalt eines rohen Kreuzes. Am Querbalken waren die Arme angebunden, die weißen, weichen, vom Tode noch nicht erstarrten und erkalteten Arme. Schwer hing das Haupt nieder, vom langen, dunklen Haar umwogt, das aufgelöst bis an die Hüften herabfloß, über die nackte, weiße Brust; das Gesicht war halb zur Seite gewendet, und dieses Gesicht war wie das einer Schlafenden. Kein Todesgrauen darin, kaum ein Zeichen von Schmerz; beinah, als wenn ein Lächeln darüber schwebte, so sah es aus, ein unaussprechlich liebliches Lächeln; die Lippen noch ein wenig geöffnet, als wenn sie im letzten Augenblick mit schwindendem Hauche noch einmal gesprochen hätte, noch ein letztes, süßes, holdseliges Wort.

Lautlos standen die Männer; Thränen flossen über ihre Wangen, dann ging ein Flüstern durch die Schar, und leise wurde ein Name genannt: »Claudia«.

Unwillkürlich falteten sich alle Hände – war ihnen doch, als ständen sie vor einem Wunder.

Wie war sie denn nur zu Tode gekommen?

Nur die Füße hatte die grausame Flamme erfaßt, und bis zu den Knieen hinauf hatte sie geleckt; den oberen Teil des Leibes hatte kein Feuer versengt. Man erkannte auch bald, wie sich das erklärte: Der Reisighaufen, mit dem sie, gleich ihren Lebensgefährten, umtürmt gewesen, war auseinandergerissen, offenbar von einer fremden Hand; ja, nicht nur die Hände, auch die Füße des Unbekannten schienen mitgearbeitet zu haben, denn das Dornengestrüpp, das mit Harz und Pech begossen gewesen war, um rascher aufzulodern, man sah, wie es mit Fußtritten, deren Spur sich noch im Erdboden abdrückte, niedergetreten und niedergestampft war, als sollte die verdammte Flamme ihr nicht weh thun, als sollte sie nicht.

Und jetzt erfolgte noch einmal ein Zuruf – ganz leise auch dieser, nicht lauter als ein etwas lauteres Aufatmen und dennoch allen vernehmbar – einer aus der Schar war näher herangetreten; das Geheimnis war entdeckt. Die Finger auf die Brust des Mädchens gelegt, zeigte er auf eine Stelle, gerade über ihrem Herzen – da war die Pforte, wo der Tod den Eingang gefunden hatte in dieses jungfräuliche Leben.

In der weißen Haut klaffte ein roter Spalt, von einigen Tropfen Blutes, das inzwischen kalt geworden war, umsickert. Keine breite Öffnung – dennoch zu breit für einen Dolch. Aber wieder nicht breit genug für ein Schwert, wenigstens für die breite, kurze Klinge eines römischen Schwertes.

Was für eine Art von Waffe mochte das nur gewesen sein? Was für eine Hand, die die Waffe regiert hatte?

Daß sie jemandem gehört hatte, der mit Waffen umzugehen verstand, der da wußte, wo das Leben im Menschenleibe wohnt, und wo man es treffen muß, wenn man es vernichten will mit einem Schlage, das erkannte man an der Art, wie der Stoß geführt worden war. Mitten durchs Herz ging er hindurch.

Daher der Ausdruck auf ihrem Antlitz, der schmerzlos-friedliche, wie man ihn auf Gesichtern von Menschen findet, die der Tod jählings am Herzen packt.

Wer mochte der Mann gewesen sein, der so an ihr gethan? Was mochte ihn veranlaßt haben, daß er also that?

Rätsel über Rätsel, Geheimnis über Geheimnis.

Aber zu langem Verwundern war keine Zeit.

Die Stricke, mit denen die Handgelenke des Mädchens am Querbalken des Kreuzes befestigt waren, wurden gelöst – man gewahrte erst jetzt, was für grausame, tiefe Furchen sie in das Fleisch geschnitten hatten – und dann glitt der leblose Körper wie eine dumpfe Masse hernieder in die auffangenden Arme und Hände der Männer. Im nächsten Augenblick war der entseelte Leib in eins der großen Leinentücher gewickelt – die Arbeit war vollbracht. Geräuschlos, wie sie gekommen, mit ihrer Beute beladen, huschten die grauen Gestalten davon, und als bald nachher die ersten Sonnenstrahlen aufzuckten und die Schläfer weckten, blickten diese mit verglasten Augen staunend umher. Die Hinrichtungsstätte war abgeräumt. Nur die Pfähle standen noch an ihrem gestrigen Platz, aufragend wie schwarze, verkohlte Stümpfe; von den Christianern, deren Leiber sie gestern abend an den Pfählen hatten zusammenbrechen sehen, war nichts mehr zu sehen. Bis auf den letzten Überrest waren sie verschwunden. Man rieb sich die Augen, stieß sich gegenseitig flüsternd an. Böse Geister hatten zur Nacht ihr Spiel getrieben – das war klar; und klar war auch, daß diese Christianer mit den bösen Geistern im Bunde standen.

Das forderte zur Wachsamkeit auf. Offenbar war das Unkraut noch nicht gänzlich ausgerottet; der Sensenstreich, der gestern unter sie gefahren war, hatte jedenfalls noch nicht alle Häupter gemäht, es gab gewiß noch eine Menge von solchen Übelthätern die sich unter der Masse der Bevölkerung versteckten.

Von nun an verwandelte sich jeder einzelne Römer in einen Späher, der nach allen Seiten horchte und lauerte, ob er irgend etwas hörte oder sähe, was an die Christianer erinnerte. Eine fressende Wildheit war in einem Teil der Gemüter, eine lähmende Beklemmung in dem anderen; eine dumpfe Qual lagerte über der ganzen Stadt.

Am Vormittag dieses nächsten Tages nach dem Blutfest des Nero, als die Augustsonne schon heiß und hoch am Himmel stand, war es, als Priscilla, die Frau des alten Teppichwebers Aquila, vom Markt nach Haus kam.

Es war ein bescheidenes Häuschen, das sie kinderlos mit ihrem Gatten bewohnte, ziemlich weit draußen gelegen, an der Appischen Straße, hinter dem vierten Meilenstein.

Sie war hastig gegangen. Als sie die Hausthür erreicht hatte, blieb sie einen Augenblick auf der Schwelle stehen, sah sich noch einmal mit angstvollen Augen um und trat dann ein. Gleich darauf hörte man, wie von innen der Riegel vor die Pforte geschoben wurde.

Im Hintergrund des Zimmers, das sie betreten hatte, lag auf einem Ruhebett ein alter Mann in tiefem, friedlichem Schlaf. Es war Aquila, ihr Gatte.

Leise setzte sie den Marktkorb zur Erde; dann blieb sie, die stummen Augen auf den Schlummernden gerichtet, aufrecht stehen, während ihre Hände sich flach aneinander legten, in der Art, wie die Christianer ihre Hände vereinigten, wenn sie beteten; ihre Lippen bewegten sich in lautlosen Worten. Offenbar kam es ihr schwer an, den alten Mann aus seiner Ruhe zu stören.

Sie wußte ja, daß er zur Nacht nicht geschlafen hatte, daß er draußen gewesen war mit den anderen Brüdern, in den Gärten des Nero, um die Überreste der verbrannten Christianer zur Bestattung zu sammeln. Mit dem Morgengrauen erst war er nach Haus gekommen und taumelnd vor Erschöpfung auf das Lager gesunken.

Endlich aber mußte gesprochen werden. Behutsam kniete sie an dem Lager nieder; mit beiden Händen umfaßte sie die Hände des alten Mannes, die gefaltet auf seiner Brust lagen; dann beugte sie den Mund an sein Ohr.

»Aquila.«

Rasch fuhr er auf, wie Menschen thun, die sich einen leichten Schlaf angewöhnt haben, weil sie sich von Gefahren umringt wissen, wie ein Soldat, der auch schlummernd des Feindes gewärtig bleibt.

Die Frau schlang die Arme um seine Brust und lehnte die Wange an seinen Hals.

»Aquila,« sagte sie mit gedämpfter Stimme, »geliebter Mann, ich glaube, die Stunde ist da, daß wir uns bereit machen müssen; ich glaube, Gott will, daß wir zu ihm kommen.«

Der Alte setzte sich auf; seine Augen, in denen noch die Betäubung des Schlafes lag, wurden klar; leise strich er mit beiden flachen Händen über den Scheitel Priscillas und an ihren Wangen herab.

»Hast Du etwas bemerkt?« fragte er leise, »glaubst Du, sie sind auf unserer Spur?«

»Ja, ich glaube,« erwiderte sie, und das Wort kam aus gepreßter Brust.

»Du weißt,« fuhr sie fort, »daß die Häscher des Cäsar noch immer die Stadt durchstreifen, um nach uns Christianern zu spähen. Und wenn Du gehört hättest, wie die Leute auf dem Markt von uns sprachen – « unwillkürlich verstummte sie und beugte das Haupt.

»Vorhin nun,« erzählte sie dann weiter, »wie ich nach Haus komme und schon auf der Appischen Straße bin, etwa beim dritten Meilenstein, sehe ich plötzlich einen Soldaten des Cäsar vor mir hergehen, einen von den Fremden, weißt Du, die so merkwürdig gekleidet sind und solche Tiere auf den Köpfen tragen.«

»Einer von seiner Leibwache,« bemerkte kopfnickend Aquila. –

»Ja – und an dem Meilenstein war er stehen geblieben und sah den Stein an, gerade wie jemand, weißt Du, der die Steine abzählt, und ich ging hinter ihm herum. Und nun hatten sich die Kinder von der Straße um ihn gesammelt und gafften ihn an, und wie ich nun so langsam weiter gehe, und mit halbem Ohr nach rückwärts horche, da höre ich, wie der Soldat zu den Kindern sagt: »Könnt ihr mir sagen,« fragt er, »wo hier Aquila wohnt, der Teppichweber?«

Die Hände des alten Mannes, die noch immer das Haupt des Weibes umschlossen hielten, erzitterten leise.

»Er nannte meinen Namen?« fragte er.

Priscilla richtete die Augen zu ihm auf. Sie wollte sprechen, aber statt der Worte drang ein Schluchzen aus ihrer Brust; Thränen brachen aus ihren Augen.

Der Alte zog sie von den Knieen empor, neben sich auf das Ruhebett, so daß sie an seiner Seite saß. Begütigend legte er den Arm um sie.

»Denke daran, was Er gesagt hat,« flüsterte er, »wer an mich glaubt, der kann wohl sterben – aber nicht tot sein – und wir glauben doch an ihn?«

Sie nickte hastig mit dem Kopfe.

»Siehst Du,« fuhr er fort, »also sei mutig, sei mutig. Bald sehen wir ihn nun selbst, nach dem wir uns so gesehnt haben – freust Du Dich nicht, ihn zu sehen, von Angesicht zu Angesicht, Priscilla?«

Wieder nickte sie, eifrig und hastig, wie vorhin. Dann nestelte sie sich mit beiden Armen an ihn, und nun saßen die beiden Menschen, lautlos aneinander geschmiegt, der Stunde wartend, die sie abrufen sollte.

Es dauerte nicht lange, so erdröhnte die Schwelle draußen unter einem wuchtigen Schritt; dann griff eine Hand nach dem Thürschloß, aber weil der Riegel von innen vorgeschoben war, ging die Thür nicht auf. Nun schlug es von draußen mit flacher Hand daran. Beide Gatten waren unwillkürlich aufgesprungen. Ihre Brust hob und senkte sich, ihre Gesichter waren erblaßt. Draußen stand der Tod.

Bei der plötzlichen Annäherung des Furchtbaren brach der Mut der Frau zusammen; sie fiel auf die Knie, riß ein kleines, aus Holzstäben zusammengefügtes Kreuz unter den Kissen des Ruhebettes, wo es versteckt gelegen hatte, hervor, und hielt es mit krampfhaft zusammengepreßten Händen vor ihr Gesicht, während ihre Lippen in verzweifelter Hast zu beten begannen.

Zum zweitenmal schlug es draußen an die Thür. Aquila raffte sich aus der Erstarrung auf, die auch ihn für einen Augenblick gelähmt hatte.

»Priscilla!« rief er laut und mahnend. Er hob die Rechte empor, als wollte er zum Himmel deuten, dann ging er an die Thür, schob den Riegel zurück und öffnete selbst.

Im nächsten Augenblick flog er zwei Schritte zurück – seine Augen thaten sich weit auf – ja wirklich, er sah furchtbar aus, der Tod!

Vor der Thür stand ein Mann in der buntfarbigen Gewandung der Leibwächter des Nero. Auf dem Kopfe trug er einen Wolfshelm; unter dem Helm quoll das blonde, beinah gelbe Haar in wirren Massen hervor, herniederhängend bis fast auf die Schultern. Nie hatte Aquila solch einen riesigen Menschen gesehen; sein Leib war aufgeschossen wie ein Mastbaum. Ein langes Schweigen trat ein, während dessen sich die beiden Männer ansahen, denn so wie Aquila die Augen unverwandt auf ihn gerichtet hielt, hingen die Blicke des Fremden an dem Gesicht des Alten, mit einem staunenden, fragenden, beinah blöde-verwunderten Ausdruck. Endlich trat er durch die Thür, unter der er sich bücken mußte, in das Zimmer ein, und nun erst wurde er des Weibes gewahr, das noch immer betend, das Kreuz küssend und wieder küssend, auf den Knieen am Boden lag und die Augen nicht zu ihm erhob.

Wie erstarrt blieb der Soldat stehen; dann wurde er plötzlich leichenblaß, und ein wirrer, entsetzter Blick schoß aus seinen wasserblauen Augen.

»Zaubere nicht,« schrie er mit rauher Stimme, indem er beide Hände von sich streckte.

Priscilla blickte auf.

»Sag' ihr – nicht zaubern soll sie,« wiederholte der Soldat, zu Aquila gewendet. Dann wich er, die Augen starr auf das knieende Weib gerichtet, bis an die Wand des Zimmers zurück und deckte die Hand über sein Gesicht, als fürchtete er, daß ihm ein Zauberpfeil in die Augen fliegen oder sonst etwas Schreckliches geschehen könnte.

Die beiden Gatten wechselten einen erstaunten Blick. Sie hatten sich darauf gefaßt gemacht, daß der riesige Mann über sie herfallen, sie binden, vielleicht auch gleich töten würde – jetzt stand er, an die Mauer gedrückt und fürchtete sich vor seinen Opfern.

Es war eben ein Germane – ein Wilder. Aquila fing an, die Verhältnisse zu übersehen.

»Beruhige Dich, mein Bruder,« sagte er, »was die Frau dort thut, ist kein böses Werk; sie zaubert nicht, kann überhaupt nicht zaubern.«

Der Soldat ließ die Hand langsam sinken, und sein Blick wanderte von einem der beiden Gatten zum anderen.

»Seid Ihr keine Zauberer?« fragte er mit schwerem Ton. Ein unmerkliches Lächeln ging über Aquilas Gesicht.

»Nein – Zauberer sind wir nicht.«

»Aber – Christianer seid Ihr doch?«

Die tödliche Frage war gestellt.

Der Mann neigte das Haupt.

»Ja – wir sind Christianer.«

Gesenkten Hauptes blieb er stehen, weil er erwartete, daß sich nun das Verhängnis über seinem Haupte entladen würde – es erfolgte nichts.

Als er endlich aufblickte, sah er den Fremden noch immer stehen, wo er gestanden hatte, die Augen mit dem gleichen, staunenden, fragenden Blick auf sich gerichtet.

Jetzt trat der Soldat in die Mitte des Zimmers, rückte sich einen hölzernen Schemel heran und setzte sich schwer darauf nieder. Er nahm den Helm vom Haupte und stellte ihn neben sich auf den Boden; dann senkte er die Augen, und so, wie in Gedanken versunken, blieb er sitzen.

Eine tiefe Stille trat ein. Aquila und Priscilla gewannen Zeit, den rätselhaften Mann zu betrachten. Nie im Leben hatten sie einen solchen Menschen gesehen.

Jetzt, da er den Helm abgenommen hatte, bemerkten sie, daß nur sein Gesicht von der römischen Sonne verbrannt war; da, wo der Helm sie geschützt hatte, war die Stirn weiß und rein.

Ein Herkules in der Haut eines Mädchens.

Er hatte die Hände auf die Knie gestemmt. Sein Haupt hing etwas nach vorn. Aquila und Priscilla gewahrten, daß sein Haar nur da, wo es unter dem Helm hervorquoll, wo es dem Sonnenbrande, dem Regen und der Luft ausgesetzt gewesen, rauh und zottig war – auf dem Scheitel des Hauptes, wo der Helm es gedeckt hatte, war dieses Haar weich und von zartem Blond;wie ein goldiger Schimmer beinah lag es darauf.

Und die Züge dieses Gesichtes, dieses jungen, schönen, regelmäßigen Gesichts. –

Kein Bart war darin, noch nicht der leiseste Flaum eines sprossenden Bartes. Der einzige Schatten, der darüber lagerte, war der Ausdruck tiefer, bis zur Schwermut gesteigerter Traurigkeit. Aquila war bis an das Ruhebett zurückgewichen und hatte sich darauf niedergesetzt. Er konnte den Blick nicht von dem Fremden lassen.

Wer war der Mensch? Was wollte er? Kam er als Häscher? Als Henker? So sah ein Henker nicht aus.

Jetzt streckte der Soldat die Hand nach dem Kreuze aus, das Priscilla in den Händen hielt.

»Zeig mir das her,« sagte er.

Priscilla zögerte; Aquila aber stand auf, nahm das Kreuz aus ihren Händen und überreichte es dem Soldaten. Mit der rechten Faust umschloß dieser den Fuß des Kreuzes; er stützte die Faust auf das rechte Knie, so daß das Kreuz aufgerichtet vor ihm stand, und nachdenklich blickte er darauf nieder.

Dann, nach einiger Zeit, begann er mit der Linken an den Stäben des Kreuzes herumzufingern; mit der Hand glitt er an dem Querbalken entlang.

»So hingen ihre Arme,« murmelte er vor sich hin. Er schien vergessen zu haben, daß Menschen neben ihm im Zimmer waren. Seine Augen schwammen, wie in einem weltverlorenen Traum, über das Kreuz hinweg, in die leere Luft, als versuchten sie ein Bild festzuhalten, das fern von hier war, unerreichbar, unwiederbringlich. –

Plötzlich warf er den Kopf zu Aquila herum – in seinen Augen war ein heißes, trockenes Glühen – man sah, daß er etwas fragen wollte. Zuvor aber bemerkte er, daß die Thür hinter ihm offen geblieben war, er bedeutete den Alten, die Pforte zu schließen.

Aquila gehorchte und kehrte dann zurück. Der Soldat streckte die Hand nach ihm aus und zog ihn an seine Seite. Wie von einer Löwentatze fühlte Aquila seine Hand umfaßt.

Der Soldat blickte ihm von unten in die Augen.

»Ist das wahr,« begann er mit dumpf unterdrückter Stimme, »daß Menschen leben können, auch wenn sie gestorben sind?«

Die Augen des alten Christianers leuchteten auf.

»Ja, das ist wahr,« sagte er rasch und laut, »wenn sie an Den glauben, der den Tod überwunden hat, an Christus.«

Der Soldat verharrte schweigend, als verstände er nicht.

Der Alte schien zu bemerken.

»Früher, siehst Du, war das anders; da waren die Menschen tot für ewig, wenn sie gestorben waren. Aber jetzt ist einer gekommen, der hat den Menschen die Erlösung vom Tode gebracht.«

Ohne die Hand des Alten los zu lassen, senkte der Soldat das Gesicht, als wollte er jenem andeuten, daß er fortfahren sollte.

»Früher,« belehrte Aquila ihn weiter, »war Gott den Menschen gram – denn daß es mehrere Götter giebt, wie diese Römersagen, das mußt Du nicht glauben, mußt Du nicht. Und weil sie nur an ihre Leiber dachten und nicht an ihre Seele, so ließ er ihr Leben zu Ende sein, wenn ihr Leib gestorben war. Aber da kam sein Sohn, siehst Du, der sagte: ›ich glaube, die Menschen sind nicht böse, sondern nur thöricht, darum will ich selbst ein Mensch werden und alles auf mich nehmen, was sie zu tragen haben, und wenn ich dann wieder zu Dir komme, werde ich Dir sagen, ob es so ist, wie ich gedacht habe, daß sie nur thöricht, nicht aber böse sind. Und wenn es so ist, dann sollst Du mir versprechen, daß Du den Menschen gnädig werden willst und sie nicht mehr sterben läßt, wenn ihr Leib stirbt, sondern daß Du sie leben läßt, ewig.‹«

Der Alte, der sich allmählich in heiligen Eifer geredet hatte, schwieg einen Augenblick, als wollte er die Wirkung seiner Worte, die er mit Rücksicht auf seinen Zuhörer in möglichst populäre Form gekleidet hatte, erwarten.

Der blonde Wilde gab kein Zeichen von sich und keinen Laut.

»Und nun denk' Dir,« nahm Aquila wieder auf, »das wunderbare Wunder; er ist wirklich gekommen und als ein Mensch unter den Menschen gegangen! Ja, denk' Dir –« und seine Stimme wurde zu einem Flüstern, wie wenn ein Kind von einem Geheimnis erzählt – »es giebt noch heut' alte Leute, die haben ihn noch leibhaftig gesehen.

»Und dann hat er sich töten lassen und ist lebendig wieder auferstanden aus dem Grabe und ist zusammengekommen mit Leuten, die ihn früher gekannt hatten, damit sie's erkennen sollten und fühlen, und leibhaftig seh'n, daß er lebte, obschon er gestorben war. Und so wird es mit uns allen sein, die wir an ihn glauben; alle werden wir auferstehen, wenn wir gestorben sind, so hat er es uns verkündigt, und so wird es sein, so wird es sein –«

Die Stimme des Alten war zu einem lauten Jubel geworden. Der Soldat blickte auf und sah in zwei Augen, die von Wonne strahlten, aus denen dicke Thränen quollen. Er nickte mit dem Kopfe.

»So hat sie auch gesprochen.«

Aquila verstand nicht, was er meinte. Bevor er aber noch fragen konnte, hatte der Soldat das Haupt wieder gesenkt. Ein augenblickliches Schweigen trat ein; dann gewährte Aquila, wie das weiße Gesicht da vor ihm zu erglühen begann, immer tiefer, immer dunkler, wie das Gesicht eines verlegenen Knaben, dessen Seele mannbar wird, und der sich schämt, seine Seele zu enthüllen, das Geheimnis seines Innersten zu verraten, zugleich fühlte er, wie die mächtige Hand, die ihn gefangen hielt, sich fester und immer fester um seine Hand schloß, als wollte sie alle Knochen seiner Hand zermalmen.

»Glaubst Du« – die Stimme des Soldaten klang heiser – »daß Claudia lebt?«

»Claudia?« der Alte fuhr unwillkürlich zurück; die Frage hatte ihn so unerwartet getroffen, daß sie ihm beinah den Atem versetzte.

Jetzt aber griff jener mit beiden Händen nach ihm, als fürchtete er, daß er ihm entrinnen würde. Seine Augen bohrten sich in die Augen ihm gegenüber mit einem verzehrenden Blick, mit einem Blick voller Angst, als würde er Leben oder Tod von seinen Lippen empfangen.

»Kennst Du sie nicht? Du mußt sie kennen! Sie hat mich zu Dir geschickt?«

»Sie hat Dich – zu mir geschickt?« stammelte Aquila.

Die bisherige Ruhe des Soldaten aber war jetzt einer Ungeduld gewichen, die keinen Aufenthalt mehr ertrug. »Lebt Claudia? Lebt Claudia? Lebt Claudia?« Dreimal hintereinander stieß er die leidenschaftliche Frage hervor.

Mit Gewalt riß Aquila seine Hände von ihm los, dann hob er beide Arme empor.

»So wahr ich hier vor Dir stehe, so wahr Du da sitzest – Claudia, die gestern am Brandpfahle starb, ist nicht tot, sie lebt heut' und morgen und ewiglich!«

Ein furchtbarer Laut erschütterte das Gemach. Der Riese war aufgesprungen; mit aufgereckten Armen, mit wogender Brust, mit wild verzücktem Gesicht stand er mitten im Raum. Dann, mit einem Sprunge, war er über Aquila her, den er an beiden Schultern ergriff, so daß die dürftige, alte Gestalt in seinen gewaltigen Armen wankte und schwankte.

»Ich will hin zu ihr!« schrie er ihn an, »zeig mir den Weg! Du kannst ihn mir zeigen. Sie hat es mir gesagt!« Priscilla, die sich vom Boden erhoben hatte, trat erschreckt heran.

»Fremder Mann,« sagte sie, indem sie vorsichtig seinen Arm berührte, »thu' meinem Gatten kein Leid.«

Der Soldat ließ zögernd die Hände von Aquilas Schultern sinken. Die weiche Frauenstimme schien besänftigend auf ihn zu wirken.

»Wir haben Claudia so geliebt,« fuhr Priscilla fort, »sag' uns doch, woher kennst Du sie? Was weißt Du von ihr?«

Der Soldat gab einen dumpfen Laut von sich und trat einen Schritt zurück. Dann fiel er auf den Schemel zurück, auf dem er gesessen hatte. Er warf den Kopf empor und ließ ihn wieder sinken. Man sah, wie die Erinnerung ihn überkam, wie sie den ganzen mächtigen Organismus durchwühlte und durchschütterte. Er setzte zum Sprechen an, aber kopfschüttelnd gab er den Versuch wieder auf; nur ein erstickter Ton, ein tiefes Seufzen, beinah ein Stöhnen rang sich aus seiner Brust. Endlich stemmte er beide Ellbogen auf die Knie, stützte das Haupt auf die Hände und drückte beide geschlossene Fäuste vor die Augen.

Aquila und Priscilla ließen ihn schweigend gewähren, obschon ihre Herzen vor Ungeduld brannten. Offenbar hatte der Mann da gestern abend Claudia gesehen, als sie zum Tode geführt wurde. Mit ehrfürchtiger Scheu beinah betrachteten sie ihn. Seine verworrenen Äußerungen ließen ja erraten, daß er ihr nahe gewesen in ihrem letzten Augenblick, daß sie noch zu ihm gesprochen hatte, daß seine Ohren es gewesen waren, in die sie ihre schwindende Seele, ihren letzten Seufzer gehaucht hatte. Claudia, das süße Licht in den dunklen Katakomben, der Mittelpunkt aller Liebe und Verehrung der Christianergemeinde, die jetzt, da sie gestorben, wie eine Heilige vor ihrer Erinnerung stand. Die aus ihrer Patrizierfamilie herabgestiegen war zu den Armen und Verachteten und gestern ihr schönes, blühendes Leben freiwillig dahin gegeben hatte in den schrecklichen Tod, der all' die Armen und Verachteten verschlang.

Endlich, als er sah, daß der Soldat nicht zu geordnetem Reden zu bringen war, trat Aquila dicht an ihn heran. Vielleicht, daß sich ihm sein Geheimnis durch Fragen entringen ließ. Er legte die Hand auf seine Schulter.

»Du bist von den Leibwächtern des Cäsar,« fing er an, »warst Du gestern abend – dabei?«

Der Soldat richtete das Haupt auf: seine Hände fielen nieder; er nickte.

»Als es – gegen den Abend kam –« seine Worte gingen abgebrochen hervor – »hat man uns hinausgeführt – in die Gärten des Cäsar. Man hat uns gesagt – die Christianer sollten verbrannt werden, weil sie Rom verbrannt hatten.«

Wieder verstummte er.

»Und da hast Du alles mit angesehen?« forschte Aquila weiter.

Der Soldat nickte abermals.

»Man hat uns hingeführt, wo eine Menge Pfähle standen, in einer doppelten Reihe, einer immer dem andern gegenüber, wie ein Baumgang wohl fünfzig Schritte breit. Man hat uns gesagt, zwischen den Pfählen würde der Cäsar auf- und abfahren – während –«

»Während?«

Der Soldat blickte vor sich hin.

»Während die Christianer an den Pfählen brennten.«

»Und da solltet ihr hinter dem Cäsar hergehen,« fragte Aquila, »während er auf- und abfuhr?«

»Nein, wir sollten an die Pfähle treten, ein jeder von uns an einen Pfahl, und dann sollten wir das Reisig womit sie umgeben waren, anzünden.«

»Dazu hat er Euch gebraucht?« fuhr Priscilla unwillkürlich heraus.

Der Soldat blickte sie an, dann zuckte er mit den Achseln.

»Vielleicht, daß er gefürchtet hat, es könnte ihm etwas von den Christianern geschehen – er ist ja so feige.«

Ein Zucken ging um seinen Mund; er warf das Haupt zur Seite.

»Und da haben sie Dich an einen der Pfähle gestellt?« nahm Aquila seine Fragen wieder auf.

Der Soldat behielt das Haupt abgewendet; seine Finger klammerten sich um die Knie, auf denen seine Hände lagen.

»Und nun hatte ich gedacht« – sagte er mit bleiernem Ton – »nach allem, was sie von den Christianern gesagt hatten – siemüßten aussehen wie Räuber und Mörder, und als ich an den Pfahl kam – war an dem Pfahl – ein Weib.«

Totenstille trat in dem Zimmer ein.

Das weltverlorene Träumen stieg wieder in den Augen des Soldaten auf; dann ging etwas wie ein irres Lächeln über sein Gesicht.

»Und daß das keine Mordbrennerin war – das erkannte ich wohl.«

Er senkte die Augen tiefer, als wenn er sich schämte.

»Sie hatten ihr ja beinah alles vom Leibe gerissen; ihr Gewand und ihre Schuhe lagen an der Erde, vor dem Pfahl, und das Gewand und die Schuhe, das alles war so kostbar und so schön und fein, wie es die vornehmen Frauen tragen, wenn sie in den Straßen gehen. Und da erkannte ich, daß es eine vornehme Frau sein mußte – und nun – stand sie so vor mir da.« Lautlos ballten sich seine Hände; er schüttelte das Haupt. »Daß sie so an einem Weibe thun konnten – denn wenn nicht das Reisig gewesen wäre und das Dornengeflecht, das um sie herum gehäuft war, bis an den Hals, und ihren Leib verbarg –«

Er brach ab; die keusche Seele bäumte sich in ihm auf und jagte eine Blutwelle über sein Gesicht.

»Diese Römer,« murmelte er, »was für Menschen das sind!«

»Darauf,« erzählte er weiter, »ist ein römischer Centurio mit einer Fackel gekommen, und die hat er mir in die Hand gegeben, und er hat gesagt: ›Paß auf, wenn's nachher ganz dunkel wird, und der Cäsar in den Garten gefahren kommt, dann wird einer laut rufen: ›Zündet an!‹ Wenn Du das hörst, dann wirst Du die Fackel in die Dornen hineinstoßen, da unten, siehst Du, wo das Pech und das Harz darauf geschüttet ist, damit es rasch aufflammt– verstehst Du?«

»Und das alles,« fuhr der Soldat fort, indem er noch immer wie vor etwas Unbegreiflichem den Kopf schüttelte, »sagte er ganz laut, so daß sie jedes Wort hören und verstehen mußte, was mit ihr geschehen sollte. Und darum, als nun der Centurio gegangen war, und ich zu ihrem Gesicht aufschaute – denn ich hatte sie noch nicht angesehen bis dahin – meinte ich, ich würde in ihrem Gesicht so etwas sehen, wie fürchterliche Angst – und wie ich nun hinsah – und wie sie mich ansah – war es so anders.«

Die letzten Worte verloren sich in einem Flüstern. Er schien wieder verstummen zu wollen. Jetzt aber war die Ungeduld über seine Zuhörer gekommen. Aquila schüttelte ihn an der Schulter, als wollte er ihn wecken.

»Wie war ihr Gesicht? Was sahest Du in ihrem Gesicht?« »Beinah – als wenn sie sich freute,« erwiderte der Gefragte langsam.

Er rieb sich die Stirn. »Ich kann's nicht so beschreiben« – und es war, als suchte er in seiner Unbehilflichkeit den Ausdruck, der all' das Fabelhafte beschreiben sollte, was er erlebt und gesehen hatte. »So etwa – wie ein Kind, wenn es neugierig ist und auf etwas wartet und – ungeduldig darauf ist. Und weil sie mich so immerfort ansah – und – weil sie mir doch so leid that, so sagte ich zu ihr: ›Warum siehst Du mich so an?‹ Und darauf sprach sie« –

Jählings unterbrach er sich. Er konnte nicht weiter sprechen: ein Würgen war in seiner Kehle.

»Die Stimme,« keuchte er vor sich hin.

Aquila wollte wieder mit Fragen über ihn herfallen; aber mit der Hand schlug der Soldat durch die Luft, als sollte er es lassen, als wäre jede Frage ein körperlicher Schmerz. »Die Stimme –« und wie er schnaufend und gurgelnd das Wort wiederholte, war es, als klänge aus den ungefügen Lauten der süße Ton einer Frauenstimme heraus, ein ferner, verhallender Ton, wie das Gezwitscher eines Vogels, der sich in Lüften verliert.

»Darauf sprach sie,« fuhr er endlich fort, »ich sehe Dich an, weil ich so begierig gewesen bin, zu wissen, wie der aussehen würde, der mir das Paradies aufschließt.«

»Das Paradies,« sagte Aquila, indem er die Hände ineinander drückte und seine Frau ansah.

»Das Paradies,« wiederholte Priscilla.

»Und weil ich sie nicht verstand,« berichtete der Soldat weiter, »fragte ich sie: ›was ist das, wovon Du sprichst?‹«

»Darauf sagte sie: ›Das ist ein Garten, so wundervoll, wie Du nie einen gesehen hast und nie sehen wirst auf Erden. Da sind ewig grüne Wiesen und schattige Bäume und niemals ist Winter dort und niemals Sonnenbrand und Hitze. Und wenn man tausend Jahre wandert und tausend und abertausend dazu, nie kommt man an das Ende von dem Garten. Und in dem Garten sind Wesen, wie Du sie nie gesehen hast, wie Jünglinge anzuschauen, mit weißen Flügeln an den Schultern, mit großen, weißen Flügeln – und die fliegen hin und fliegen her, bald einzeln und dann wieder in Scharen, so wie die Tauben.‹

»Das alles sprach sie, und weil ich es nicht verstand, meinte ich, sie träumte, und die Angst vor dem Tode hätte ihr den Geist verstört. Aber als ich wieder die Augen zu ihr erhob, und sie mich ansah, da erkannte ich, daß sie klar bei Sinnen war, und darum fragte ich sie: ›Wo ist denn der Garten, von dem Du sagst?‹

»Darauf beugte sie den Kopf zurück, so weit sie es an dem Pfahl vermochte und blickte hinauf; da war eben der Abendstern am Himmel aufgegangen. Und sie sagte: ›er ist dort oben. Siehst Du, jetzt ist nur ein Stern erst zu sehen, bald aber werden mehr kommen und immer mehr und endlich unzählige; dann wird es ein Flimmern und Leuchten sein. Und über all' den unzähligen Sternen und all' dem Flimmern und Leuchten, da ist der Garten, von dem ich Dir gesagt habe. Und sobald ich gestorben sein werde hier unten, werden die Engel kommen, von dort oben, wie ein Schwarm, so werden sie kommen und werden mich an den Händen nehmen und mit mir hinauffliegen, und heut' abend noch werde ich bei ihnen sein in dem schönen herrlichen Garten.‹«

Wieder schwieg der Soldat eine Zeit lang; dann nahm er das kleine Kreuz, das ihm aus der Hand gefallen war, und das Priscilla an sich genommen hatte, aus deren Händen.

»Und nun hatten sie ihr die Arme angebunden,« fuhr er fort, indem er wieder mit dem Finger am Querbalken des Kreuzes entlang glitt – »so. Und als sie so sprach, da regte sie ihre Arme; und die waren so weiß, und es sah aus, als wären es zwei weiße Flügel an ihren Schultern, und es sah aus, als würde sie davon fliegen und hinauf, so wie sie stand – und von da an – habe ich nicht anders gekonnt – ich habe sie ansehen müssen, immerfort, bis zu dem Augenblick – da –«

Das Haupt sank ihm herab, jählings, als hätte der Nacken die Kraft verloren, es zu tragen, bis herab auf die Arme, die auf den Knien lagen, so daß er ganz zusammengekrümmt saß; und der zusammengekrümmte mächtige Körper schüttelte sich, das Haupt warf sich auf den Armen hin und her, daß das blonde Haar nach rechts und nach links flog, und aus der zusammengewirrten Masse drang ein Stöhnen hervor, ein Grollen und Schlucken und Schluchzen, daß er den beiden Alten, die ihm zusahen, wie ein Tier aus dem Urwald erschien, dem ein Spieß in die Weichen gejagt worden ist, und das ächzend an der Wunde verendet.

Es dauerte lange, bis er wieder zu sich kam.

»Und weil sie nun so fröhlichen Tones sprach, während sie doch alles gehört hatte, was der Centurio zu mir gesagt, und all' die schrecklichen Vorbereitungen sah, und weil ich das alles nicht begreifen konnte und alles mir so wunderbar erschien, da sagte ich zu ihr: ›Fürchtest Du Dich denn nicht vor dem, was Dir geschehen soll?‹«

»Und darauf« – der Soldat riß die Augen weit auf und sah erst Aquila, dann Priscilla mit langsamem Blick an, als wollte er sie zu Zeugen nehmen für das, was er jetzt sagen würde – »und darauf – hat sie gelacht.«

»Sie hat gelacht,« wiederholte Aquila in atemlosem Staunen, indem er wieder auf Priscilla blickte. Diese wiegte schweigend und in stummer Bewunderung das Haupt.

»Ja,« fuhr der Erzähler fort, »aber nicht laut; so – ich weiß nicht, wie ich's beschreiben soll, – ein Kichern etwa – wie wenn jemand aus seinem Innern lacht, weil er fröhlich in seinem Herzen ist. Und darauf sagte sie zu mir: ›Ach, wenn Du wüßtest, mein Bruder, wie selig mein Herz ist, dann würdest Du begreifen, warum ich mich nicht fürchte. Denn in einer Stunde, siehst Du, werde ich nun bei Dem sein, nach dem meine Seele verlangt hat, so lange ich lebe.‹

»Und weil ich sie wieder nicht verstand, fragte ich sie: ›Wer ist das, von dem Du sprichst?‹

»Da nickte sie mir zu und sagte: ›Das ist ja der Herr des Gartens, von dem ich Dir erzählt habe, der das große Wunder in die Welt gebracht hat, daß die Menschen nicht mehr tot bleiben, wenn sie gestorben sind, sondern wieder auferstehen. Hast Du von Christus noch nichts gehört?‹

»Und weil ich von ihm noch nichts gehört hatte, schüttelte ich das Haupt.

»Da beugte sie sich zu mir nieder, so weit als sie es in den Stricken vermochte, in denen sie gebunden war, und so, daß ich ihren Hauch auf meinem Gesicht spürte, und daß ihre Augen ganz dicht über meinen Augen waren, so nah war mir ihr Gesicht – so nah – und dann flüsterte sie zu mir: ›Ach, Du mein Bruder, wenn Du doch thun wolltest, wie ich Dir sage; was für ein glückseliger Mensch Du werden würdest mit einem Male. Geh' doch hin, wenn ich gestorben sein werde, da, wo Aquila wohnt, der Teppichweber, draußen an der Appischen Straße, am vierten Meilenstein, und sag' ihm, daß Claudia Dich zu ihm schickt, und daß er Dir sagen soll von Christus und Dich taufen und Dich aufnehmen soll in unsere Gemeinschaft, damit Du auch so glücklich wirst, wie wir Anderen es sind.«

Mit einem erstickten Schrei fiel Aquila über den Soldaten her; beide Arme schlang er um seinen Hals, und er drückte die Lippen auf seinen blonden Scheitel.

»Mein Bruder!« rief er, »mein Bruder!«

Priscilla hatte sich vor dem Soldaten niedergekniet und streichelte ihm die Hände, und es dauerte eine geraume Zeit, bis der Ansturm von Zärtlichkeit sich so weit gemäßigt hatte, daß jener fortfahren konnte.

»Und weil sie mich nun immer Bruder nannte, und ich das nicht verstand, so sagte ich zu ihr: ›Du bist eine vornehme Frau und ich nur ein armer Soldat und nicht einmal ein Römer, und Du nennst mich Deinen Bruder?‹

»Und da lachte sie wieder, so wie sie vorher gelacht hatte, und sagte: ›Du bist mein Bruder, und ich bin Deine Schwester; die Menschen haben alle einen einzigen Vater, und der wohnt da oben in dem herrlichen Garten. Und weil wir das wissen, wir Christianer, und diese Römer es nicht wissen, darum eben sind wir ja so viel, viel glücklicher als sie. Denn wenn wir auf der Straße aneinander vorübergehen, siehst Du, dann winken wir uns mit den Augen zu, und einer sagt zum andern, ohne daß er ein Wort zu sprechen braucht: Ich liebe Dich. Und wo wir auch gehen und stehen, überall und immerdar ist ein Singen und Klingen um uns her, wie eine leise, liebliche Musik. Und das kommt daher, siehst Du, weil diese Römer denken, die Luft rings um die Menschen her sei leer und tot, und weil sie das nicht ist; sondern sie ist erfüllt von Tausenden und Abertausenden und unzähligen Geistern, die immerfort um uns sind und mit uns sind und leise zu uns sprechen, und die wir nur nicht sehen können, solange wir noch diesen Leib an uns tragen. Und sobald wir aber diesen Leib von uns gethan haben, dann mit einem Male sehen wir sie und fühlen sie und sehen und gewahren, wie reich die Welt Gottes eigentlich ist, wie wundervoll, wie herrlich!‹

»Und als sie so sprach, da regte sie wieder die Arme, und es sah aus, als ob sie die Arme ausbreiten wollte, und um meinen Hals legen wollte, und wie ich ihre Augen sah, die so in meine Augen blickten, und ihre Stimme hörte, die so lieblich klang wie ich nie etwas gehört hatte zuvor – da war mir plötzlich, als ob ich zum erstenmal das alles verstand, was sie mir sagte, und als ob alles rings um mich her ganz anders aussah, als es ausgesehen hatte zuvor, und da sagte ich zu ihr: ›Wenn ich zu Aquila gehe und ein Christianer werde wie Du, werde ich dann auch in den Garten kommen, dahin Du nun gehst?‹

»Und da nickte sie und lachte, und ihre Glieder zuckten am Pfahl, und sie sagte ›ja, ja! ja!‹

»Und wenn ich dann komme,« habe ich weiter gefragt, »wirst Du mich dann wiedererkennen da oben und Dich nicht abwenden von mir?«

»Und darauf that sie, wie sie eben gethan hatte, und sagte: ›An der Pforte des Gartens will ich warten, bis daß Du kommst. Und wenn Du kommst, will ich Dir entgegenfliegen und Dich an der Hand nehmen und hineinführen in den Garten. – Wirst Du bald kommen? Bald?‹

»Da habe ich die Arme um sie thun wollen, aber wegen der Dornen, die um sie her waren, konnte ich es nicht, und ich habe gesagt: ›Ich will zu Dir kommen, ich will zu Dir kommen, sobald als ich kann, und ich will nie von Dir hinweggehen, sondern sein, wo Du bist, ewig! ewig!‹

»Und als wir so zu einander sprachen, da entstand plötzlich ein Lärm rings um uns her, und ich hörte, wie sie vom untern Ende des Gartens riefen: ›Zündet an! zündet an!‹

»Und es schien, daß sie schon öfters so gerufen hatten, und nur wir hatten nicht darauf geachtet, denn rechts und links von uns an den Pfählen loderte es schon auf von Flammen; und dann fingen die Römer, die hüben und drüben hinter den Pfählenstanden und zuschauten, zu schreien an, wie brüllende Tiere; und die Christianer an den brennenden Pfählen warfen die Köpfe zurück und riefen etwas zum Himmel hinauf – ich weiß nicht, was es war, aber es war immer ein und dasselbe Wort, und sie riefen es alle. Und es war ein Getöse, wie ich es nie vernommen hatte irgendwann, und da kam auch der Cäsar in den Garten gefahren auf seinem Wagen, der ganz von Gold war, und acht weiße Rosse davor.

»Und als ich nun so stand und wie betäubt war in meinem Kopf, da rief sie mir vom Pfahle zu: ›Mein Bruder, Du mußt anzünden! Zünde an!‹

»Und da gedachte ich an das, was mir der Centurio gesagt hatte, – und ich wollte die Fackel hineinstoßen in die Dornen – und da – konnte ich es nicht.

»Und inzwischen war der Wagen des Cäsar schon ganz nah' gekommen, beinah bis zu uns heran; da rief sie noch einmal und sagte: ›Eile Dich, mein Bruder, warum eilst Du nicht? Hörst Du nicht, wie meine Brüder Hosiannah rufen? Siehst Du nicht, wie sie hinauffliegen? Soll ich ausgeschlossen bleiben aus dem Garten? Ich allein?‹

»Und da wandte ich das Haupt ab, damit ich sie nicht mehr sah – und nahm die Fackel – und stieß sie in die Dornen, ihr zu Füßen, wie der Centurio es mich gewiesen hatte – und kaum, da ich so gethan, da schlug auch das Feuer auf, und die fressende Glut warf sich über ihre Füße und leckte wie eine Zunge bis zu ihren Knieen hinauf – und da hörte ich – hinter mir –,« der Soldat saß mit starr aufgerecktem Oberleibe; seine Arme waren ausgestreckt, seine Hände zu Fäusten gekrampft; seine Augen gingen rollend in ihren Höhlen.

»Da hörte ich – hinter mir – wie wenn ein Glas zerspringt – solch' ein leiser Ton – solch' ein schriller Ton – und als ich mich umwandte, da sah ich sie – und ihr Haupt war zurückgesunken – ihre Augen geschlossen – ihre Glieder flogen am Pfahl und wanden sich in den Stricken – und von der Stirn rann ihr der tödliche Schweiß. Und als ich das sah, und sah, wie schrecklich das war, was sie erlitt, da sprang ich mit meinen Füßen in die brennenden Dornen hinein und trat sie in die Erde und stampfte das Feuer nieder, bis keine Flamme mehr war und kein Funke, der ihr weh thun konnte, und mit meinen Händen riß ich die Dornen herab, die um sie waren. Und als ich so that, da kam sie wieder zu sich und schlug die Augen auf und sagte: Ach, was thust Du, mein Bruder? Warum lassest Du mich nicht sterben und hingehen zu ihm, der meiner wartet dort droben?‹

»Und weil nun keine Dornen mehr waren zwischen ihr und mir, so that ich meinen Arm um sie her und hielt sie in meinem Arm, und ihr Haupt sank herab zu mir, daß ich es fühlte auf meiner Brust – und hier hat es gelegen –«

Mit der linken Hand griff der Soldat an seine rechte Achsel und preßte seine Hand auf eine Stelle seiner Brust unterhalb der Achsel.

»Hier hat ihr Haupt gelegen – an der Stelle!

»Und ich sagte zu ihr: ›Sei ruhig, Du sollst auch sterben, denn ich sehe wohl, daß es nicht anders sein kann, aber nicht durch Feuer sollst Du sterben und in so gräßlicher Qual, sondern durch meine Hand. Denn bei uns zu Lande ist es ein edler Tod, wenn man von eines Mannes Händen durch das Schwert stirbt. Und so sollst Du sterben; denn Du bist ein edles Weib, und ich liebe Dich, ich liebe Dich, wie ich nie einen Menschen geliebt habe und lieben werde hinfort. Und darum, weil Du den heiligen Christus liebst, will ich ihn lieben so wie Du, und ich will ein Christianer werden und zu Dir kommen in den Garten.‹

»Und derweilen ich so sprach, hatte ich mit der Linken das Schwert hervorgezogen, das ich an der Seite trug; und wie ihr Haupt an meiner Schulter lag und ihr Gesicht an meinem Gesicht, habe ich mit meinem Munde ihren Mund geküßt und zu ihr gesprochen: ›Fahre wohl, Claudia, bis wir uns wiedersehen; wirst Du warten, daß ich komme?‹

»Und da hat sie mich noch einmal angesehen – mit den Augen hat sie mich angesehen – mit den Augen – und hat gesagt: ›Claudia wird warten.‹

»Und darauf habe ich die Spitze meines Schwertes wider ihre Brust erhoben, gerade dahin, wo ich wußte, daß ihr Herz in der Brust war, und weil keine Hülle darüber war und nichts, was dem Schwerte widerstand, so drang es mit einem Stoße mitten in ihr Herz, und sie hat noch einmal in meinem Arme gezuckt – und dann – mit einem Seufzer – war sie dahin.«

Der Soldat war während des letzten Teiles seiner Erzählung vom Schemel aufgesprungen; hoch aufgerichtet stand er; von den Lippen, die anfangs so unbehilflich gestammelt hatten, gingen die Worte wie ein rasender Sturm; nicht zu Aquila hatte er gesprochen, nicht zu Priscilla, seine starrenden Augen gingen über die beiden hinweg, hinaus – wohin? In die Welt hinaus, in die geheimnisvolle, wunderbare Welt, von der sie ihm geplaudert und gesagt hatte, wie wundervoll sie wäre, wie herrlich und reich.

Jetzt aber, als das letzte Wort heraus war, das »sie war dahin«, brach er plötzlich wie ein gefällter Baum zu Boden, die Arme auf den Schemel geworfen, das Haupt in die Arme gedrückt. Und so lag er und sah nicht, wie die beiden Alten sich mit stummen Blicken über ihn hinweg verständigten, und hörte nicht, wie sie leise hinausgingen in die Nebenkammer und von da zurückkehrten, ein Gefäß in den Händen, mit Wasser gefüllt. Und erst, als er fühlte, wie sich das Haar auf seinem Scheitel feuchtete, hob er das Haupt und blickte auf.

Aquila stand neben ihm. Mit der Hand die er in das geweihte Wasser getaucht hatte, zeichnete er ihm das Kreuz auf Haupt und Stirn; dazu murmelte er die Gebete, die gesprochen wurden, wenn ein Täufling Aufnahme in der Christianer-Gemeinde fand.

Schweigend ließ der Soldat ihn gewähren. Die drei Menschen waren so in ihr Thun versenkt, daß sie das Geräusch von Schritten und das Gemurmel von Stimmen nicht hörten, die sich dem Hause näherten.

Erst als die Thür mit einem Schlage von draußen aufgestoßen wurde, fuhren sie empor.

In der Thür standen drei römische Prätorianer-Soldaten.

Ob es das wundersame Schauspiel war, was sie verblüffte, oder ob in den Augen des germanischen Riesen, der noch immer kniend am Schemel lag und sie mit stummen, drohenden Blicken musterte, etwas war, das sie warnte – die Römer blieben am Eingange stehen, einer über die Schultern des andern blickend.

Endlich trat derjenige, der zuvorderst von den Dreien stand, einen Schritt näher.

»Bist Du Aquila, der Christianer?«

Der Alte verneigte sich.

»Der bin ich.«

»Und das Weib da? Deine Frau? Auch Christianerin?«

Aquila schwieg und wandte die Augen auf Priscilla, als wollte er ihr selbst die Antwort überlassen.

»Auch Christianerin,« erwiderte sie in leiser Ergebung.

»Also macht Euch fertig – Ihr müßt mit,« sagte der Prätorianer.

Jetzt aber richtete sich der blonde Mann hinter dem Schemel auf. Er that es langsam, aber in der langsamen Bewegung war etwas Gefährliches, beinah Unheimliches.

»Laß den alten Mann in Frieden,« sagte er zu dem Prätorianer, »und die Frau. Sie haben Euch nichts zu Leide gethan. Was Ihr von den Christianern erzählt, daß sie das Feuer angezündet haben sollen, das ist alles nicht wahr; das habt Ihr erdacht und erlogen – Ihr – Römer Ihr.«

In seiner Stimme war ein dumpfes Grollen, so etwa wie das tiefe Knurren eines Wächterhundes, der den Eindringling zur Vorsicht mahnt.

Der Prätorianer sah ihn mit einem kurzen Blick von der Seite an; es schien ihm das beste, den unbequemen Menschen nicht weiter zu beachten.

»Vorwärts,« sagte er, indem er die Hand nach Aquila ausstreckte – in demselben Augenblick aber flog er gegen die Wand des Zimmers, daß ihm der Panzer krachte und seine linke Wange, die an die Wand geschlagen war, weiß vom Kalk wurde.

Der blonde Riese stand vor ihm. Seine Glieder reckten sich; er sah noch riesenhafter aus als vorher.

»Hast Du nicht gehört, was ich Dir gesagt habe, daß Du den alten Mann in Frieden lassen sollst?«

Mit einem wütenden Aufschrei wandte sich der Römer gegen ihn; er unterlief ihn, schlang beide Arme um seinen Leib, und es begann zwischen den Beiden ein Ringkampf auf Tod und Leben.

Er dauerte indessen nur wenige Sekunden, denn plötzlich erdröhnte ein Schlag, wie wenn der Fleischhauer mit der Keule Knochen und Fleisch zermalmt – von der Faust des Riesen ins Genick getroffen, taumelte der Prätorianer und rollte bewußtlos an den Boden.

Jetzt kamen die beiden Andern, die wie erstarrt gestanden hatten, zur Besinnung. Mit gellendem Schimpfen fuhren sie gegen den Germanen los.

»Was fällt Dir ein, Du Hund, der an die Kette gehört? Nimmst Du Partei für die Christianer?«

Sie rissen die Schwerter heraus.

Beim Anblick des nackten Stahls aber wachte der Berserker in ihm auf.

Er sprang einen Schritt zurück, riß das lange, schmale Schwert aus der Scheide und schwang es wirbelnd um sein Haupt.

»*Christianus sum,*« brüllte er, daß es bis auf die Straße hinaus erscholl. Einen neuen Schlachtruf hatte er gefunden; seine Augen unterliefen mit Blut; aus dem verzerrten Gesicht leuchtete eine unbändige Wildheit.

»Rache für Claudia! Jetzt kommt das Sterben an Euch!«

Ein Wehgeheul folgte dem Wort; ein zweiter Prätorianer wälzte sich am Boden.

Das Schwert des Germanen hatte ihn zwischen Achsel und Hals getroffen, so daß der Arm herabhing.

Im Augenblick aber, als er den Streich führte, hatte der Dritte ihn von der Seite angelaufen, und unter dem Panzer, der sich in die Höhe geschoben, rannte er ihm die Klinge bis an das Heft in den Leib.

Ein Fußtritt, der den Prätorianer bis auf die Schwelle der Thür schleuderte, war die Antwort auf den meuchlerischen Stoß, dann brach der Riese dröhnend zur Erde, während der Römer, sinnlos vor Entsetzen, zum Hause hinauslief und draußen verschwand.

In Aquila's Schoß ruhte das blonde Haupt des Sterbenden; seine Augen waren geschlossen, und wie das strömende Blut aus der breiten Wunde ging, verlor sich die Wildheit, die sein Gesicht verzerrt hatte, und die Züge des Gesichts traten wieder hervor, so wie sie gewesen waren, aber noch edler beinah, noch schöner und beinah kindlich.

Priscilla kniete zu seiner Rechten und hielt die mächtige Hand, die jetzt so matt und langsam erkaltend in ihren schwachen Händen lag.

Endlich schlug er die Augen auf.

»Es rauscht,« – sagte er – »es rauscht.« Die beiden alten Leute gaben keinen Laut von sich; eine ehrfürchtige Scheu hielt sie ab, die Bilder zu stören, die vor seiner scheidenden Seele aufgingen. Liebliche Bilder schienen es zu sein, denn in seinen Augen war ein leuchtender, wie aus der Tiefe seines Wesens quillender Glanz.

»Von den Flügeln,« sagte er mit lallender Zunge, »an ihren Schultern – weiße Flügel – große – weiße –«

Dann sah man, wie ein Bestreben über ihn kam, sich aufzurichten, jemandem entgegen, der ihm entgegen kam, unsichtbar allen und sichtbar nur für ihn – aber das Haupt vermochte sich nicht mehr zu erheben, die Arme waren zu schwach geworden, sich auszubreiten und zu umfangen – nur die Lippen regten sich noch stammelnd und flüsterten den geliebten Namen – »Claudia« –

Der gewaltige Leib reckte sich; dann lag er ruhig und still, und um das erstarrende Antlitz spielte ein Lächeln, wunderbar, unergründlich, geheimnisvoll – hatte sie Wort gehalten? War sie ihm entgegengekommen, und wandelten sie nun, Hand in Hand da, wo

kein Winter mehr war, kein Sonnenbrand und keine Hitze, in dem
schönen, dem herrlichen Garten?